Ao léu

2002 - 2006

ANDRÉ LUIZ PINTO

Bem-Te-Vi

Bem-Te-Vi Produções Literárias
Av. Presidente Wilson, 231, 10º andar, Centro
Rio de Janeiro – RJ, CEP 20030 021
e-mail: bem-te-vi@bem-te-vi.net www.editorabemtevi.com.br

Editoras responsáveis
Vivi Nabuco e Lucia Almeida Braga

Editoria executiva
Lélia Coelho Frota

Assessor especial
Fernando Pedreira

Prefácio
Antonio Carlos Secchin

Assessoria jurídica
Manoel Nabuco

Design gráfico
Fernanda Pinto

Editoração eletrônica
Marcello Braga Machado

Comissão de Poesia da Coleção Canto do Bem-Te-Vi

Armando Freitas Filho
Lélia Coelho Frota
Lúcia Almeida Braga
Luiz Paulo Horta
Silviano Santiago

Revisão dos autores

CIP-BRASIL. CATALOGAÇÃO-NA-FONTE
SINDICATO NACIONAL DOS EDITORES DE LIVRO, RJ
P726a
Pinto, André Luiz, 1975-

Ao léu : (2002-2006) / André Luiz Pinto. - Rio de Janeiro : Bem-Te-Vi, 2007.
(Canto do Bem-Te-Vi)
ISBN 978-85-88747-24-1
1. Poesia brasileira. I. Título. II. Série. 07-0215.

CDD: 869.91 CDU: 821.134.3(81)-1

19.01.07 24.01.07 000202

Nada existe para além (ou aquém) do olhar do poeta. Uma realidade tecida de signos em que o referente se esgarça em prol de uma palavra que, se o flagra, é de viés. Mas, se o literário se expande ao extremo, talvez seja em momentos de suas eventuais retrações que a poesia de André Luiz Pinto desdobre sua mais poderosa carga de intensidade lírica; entre outros, é o caso de "É noite. Tudo parece escondido" e "A casa possui maravilhas que nos aguardam". Neles, o imaginário das águas, por exemplo, deixa de ser um "ornamento para o poema": infiltra-se, em desafio, numa casa que "respinga sua memória/ escorre em nós uma gravata". Nesses textos, torna-se mais densa e lapidar a dicção de André: "Sigo o poema para vê-lo onde termina./ Tudo está nu, debruçado na janela/ feito um latido". O efetivo poeta nunca sabe onde o poema termina. E escreve para perder-se ainda mais. Ao léu.

Antonio Carlos Secchin

When the train, it left the station
with two lights on behind
When the train, it left the station
with two lights on behind
Well, the blue light was my blues
and the red light was my mind
All my love's in vain

Robert Johnson

para Léo, Guerreiro, Doni e Aline

i

A cidade comove, risível quanto
o mar qual o sentido da
palavra risível onde as casas
se amotinam sob a grossa poeira?

Onde minha mãe nascera
minha avó morrera
o subúrbio não se cansa de dizer
mais esquecido que o nordeste.

Escrever é proibido, artistas vivem
de pagode, bate aqui no peito
a ruína de quem cedo
aprendeu a ler e eu não devia.

Tudo isso contado junto
enquanto os vagões
desandam por entre os bairros
poderia ser Nova Iorque.

Madureira, matadouro de homens,
dos secos e molhados
nas praças e nos
congados, de nossas vítimas.

ii

Ausência de inédito.
Mal inicia a criação
e os bichos da floresta
deduzem a vinda do homem.
Reino sem obrigação
corpo sem mata.
Quando as mãos
eram poucas,
havia espinhos.
Reino menino
de primeira enxada
caçando na terra
a possibilidade
de pão e vinho.

Já sem pensamentos,
a fala é de toda
esquecida
e o que nos sobra é o homem
no próprio homem
nove meses depois.
Os braços, qual barcos,
afundam-se.

Meus olhos são estradas
lidas no papel.
Os pingos nos is
empalidecem o rosto
encorajam a alma
na procura de pequena
bandeirola
posto em descoberta
do que já havia.

A casa não caiu.
Viver é a melhor razão.
A morte é nossa anfitriã.
Senta-te à mesa,
sirva-te do melhor vinho
vista o melhor vestido:
o que a carne
quiser
será satisfeita.

À parte isso
quero meus brinquedos
quero hanna barbera
e os inimigos
que proponho.
O peito desabotoa
a última novidade
no último dia de tua vida.
Nada ocorrerá por último.
Os automóveis prosseguirão
feito punhal
dando notícias
de estranha terra agreste.

1994

iii

Meu espelho-labirinto.
Cravo os olhos para vê-la
no mistério do quarto.
Nenhum rato, silêncio.
É no que se dobra em ruga
ao se olhar o infinito
que se dobra para eu vê-lo
pois meu olhar embora
selvagem, é ínfimo
no infinito das pétalas
que o contém, afinal,
no convés do navio
o que se olha é através
do mar, através das
borbulhas de sangue
com o que já perdeu:
metade de mim é
o acaso das palavras
que volta e meia
pingam da mão
analfabeta, de abusar
da fama e se impor
aos pais – Filho
que à terra desce.

iv

Foi do outro lado do Rio
que nasci, o semblante de minha mãe
rejuvenesceu com as lembranças.

Toda palavra é uma palavra magra
é o atroz desejo que outro te invada
sem rogo a te roçar com a nuca.

Uma posta de carinho, pois
a jóia do corpo sempre arderá
às vezes me pego cantando.

Aceita teu pai, o destino da vida
cada um é que faz, o cantarolar
do matuto convence qualquer um.

Basta que a vida repouse nos braços
um gato te incendeie na cama
não sei o que vai dar, a vida que ganha.

V

para Eucanaã Ferraz

É noite. Tudo parece escondido.
Silêncio entre os carros que rodam
a madrugada. Tudo se passa na
cabeça: manhã, os trens lentos e
lotados, o olhar da mulher que amo,
a solidão dos livros. Tudo assim,
sob a mira do fuzil. De repente,
o relóglo toca: é preciso acordar
antes, porém, precisa-se dormir.
Sigo o poema para vê-lo onde termina.
Tudo está nu, debruçado na janela
feito um latido. O frio anuncia
o fastio do próximo verão. Não por
esta noite, num abraço acolhedor.
Não agora. Tudo range nessa hora:
os pêlos crescem, ela vira para o lado
e dorme, ouço entre os batimentos
a voz do coração. Ouço calado
sem par. Haverá outro momento
para escutá-la senão o de dormir?

vi

“Viu eles?
Viu eles, tio?
São irmões!”
Diz o menino
trás de mim
no ônibus.
A vida
          surpreende
o mais ateu
dos homens.
Poucos sabem
o gozo de andar
assim pela cidade.
Somos feito as cotias
no Campo de Santana.

vii

Linda, atravessa a passarela
a plataforma da estação Madureira
com a ponta dos pés. É grato olhar
com surpresa seu coração de vidro.
Quantos lhe terão roubado a paixão?
E quantas vezes ela se apavorou
ao olhar de novo? Tudo é mesquinho
é infenso à surpresa dizer seu nome
talvez mais daninho fingir que sim.
Sei do absurdo de viver, senhora malsã
de todo olhar é a laguna deste instinto
que dispara na frente: seremos presos
sem pressa, aprenderemos muito
com o que vier depois. Agora, desculpe,
mais um motivo para o temor dessa mulher
que, ao me olhar, suplica, é seu. Saber
até que ponto temos que viver e até onde
insisto, estaremos soltos – insiste mais!

viii

Ouvir as montanhas que, de tão negras
nada nos dizem. Senti-las de perto como se treina
com a concha o ouvido a repetir seu nome.
Andar pelo sopé do morro, pousar a mão
no dorso, veja: a montanha respira
ouça o silêncio de seu coração a roer
as vísceras. Pense, é preciso, nosso medo
é de não sobrar nada. Ouvir das
montanhas o que há para dizer
é nosso melhor incômodo.

arraial

1. Meu coração anda triste.
   Não ao vivo, pelo que aconteceu.
   Qual não fosse a surpresa das ondas
   que giram imóveis
   tanta areia
   entre as casas
   sob a duna.

2. Meu coração guerreiro
   gera o motivo
   de crivar
   com palavras
   a cegueira do sol
   de me guiar
   ao precipício
   (se eu caí
   não sei
   continuo
   andando).

3. Meu coração de neve
   solto o pássaro na manhã
   florescem as penas
   apesar do grosso
   inverno
   (eu que já passei
   por isso
   estou triste
   a primavera é
   medonha).

4. Meu coração não fugiu do Rio
apesar do Arraial
e de velhos
amigos
de lugares-comuns
e de velhas andanças
com suas ondas
a praia
a esperança.

5. Eu que ando triste
do outro lado
do Rio
o Rio que me afoga
entre os alambrados
cego de saber
não sou dele
cego de viver
eu sinto.

nenhuma rosa suporta o mundo

Nenhuma rosa, nenhum diamante
casto, sequer o tempo
em meio ao torvelinho
diria que sim; não,
aproveito as horas antes do fim
respirando o ar ligado
ao máximo, mansidão
efêmera do guia, oxossi
nas mãos, a fita
do Senhor do Bonfim
fortalece o pasto
cortando as divisas
do corpo; do poço
ao pescoço, o açoite
dessa gente: fazer
o quê? Tornar larápio
mesmo que a nuvem
esconda o eclipse
o casal de namorados
persiste no amor
doídos de prazer
aliás, diria, dane-se;
meu silêncio é meu guia,
não escrevo, nem
respiro; paralítico
no tempo, casal
de vagabundos.

xi

A manhã
repõe o sono
desfeito na praia
o colorido azul
dos olhos
expõe a face
o filme
exatamente igual
como antes
certos amores
tristes
que deixei
nascer,
para morrer
em seguida
de onde
vieram.

xii

1.Venéreo

Nada resulta
em seu
nome

:morada dos
deuses:

Da morte?
Que a vida destrua
primeiro.

2.Brancas
nuvens
novo destino

sorri
a cada buquê
da manhã

(...)

domando a própria
alma
dizendo adeus.

xiii

1. O reflexo da água refere-se
a um corpo
que jamais esteve aqui
superfície dessa mágoa a mais no coração
destino de um tigre gravado em cristais
exposto no museu
não me atrevo a dizer o nome
dessa mulher que abomina o falso
ao dizer que lhe ama? O reflexo da água
é o do espelho d'água
que me cobre as ranzinzas do silêncio-mor.

2. O reflexo do corpo é o de me encostar
ao dela
(seu braço)
suavemente macio, é o de dizer
posso fugir feliz. Nada acontece
sequer a marca do sol que ressurge
solícito, operante à minha vontade
soldado
como se escrevesse um poema
inferno, por estar tão calmo
amigo, com as respostas de antes.

xiv

No lugar da água, a largura de um rosto
"dizia um verso,
a candura indigesta
de um fogo que eu não sabia entender", desordeiro
plantador de vertigens,
quase a lona do céu,
o sorriso lagarto, recostado nu, sobre o peito;
lembrávamos, retóricos,
sem maiores delongas, o cigarro que repousava
esperando a próxima tragada:
metade dos sonhos insiste erigir, "você também
sorriu quanto a isso";
afinal saboreávamos o veludo da noite roçando as estrelas,
o palhaço da vida tocando a sinfonia
e até gozava a gente de tanto o chatear;
já não me condeno a mandingas
estávamos nós a suavizar o peito.
Pensei na pedra, açoitar a pedra até que ela rogasse
mesmo sabendo que isso custaria várias jornadas
mas papai está na mesa, vamos comer, deixa pra lá.

XV

A culpa é minha, assumo.
Hoje respondo por qualquer ato.
A morte é o sorriso agreste
a cor do que resta. A culpa
é cada passo que enferruja o aço.
Levo em mim os talhos que os anos
encravam no peito. Sangro
pelo chão os ditos populares.
Iansã, aqui estão teus colares.
Para todo erro, há sempre
um jeito. É o amor sem
esperança, o verso mais brega,
porém ele é meu. Eu culpo
todas as crianças, todo ritmo,
toda espera, o que foi seu.
Deixe que eu vá para a prisão
que eu decida meu coração
a quem quer que seja.
Minha senhora, senhora santa.
Decido se tem ou não se tem janta.

1993

xvi

Por não haver pecado é como se nascesse
o temido arcano da morte não decifra seus mortos

como quem espera uma bala no crânio
não há motivo de honra ou orgulho

dorme quieto um cão vagabundo
a lua ilumina o coração do planeta

ainda que se acenda a dinamite da paixão
e as cartas do mago caiam da manga

era como se eu tivesse medo
sem saber qual o medo do mundo

o enfado nessas horas é sorrir
ponha o vinho, que bebo até a cicuta

é a hora canina do abandono
não fique sonhando que descansará feliz.

xvii

O olho-farol
que a serpentina da voz
deflagra
antes de trair sua miséria
o crime de nascer
tratemos agora disso
é atroz o pedido
o seu pedido a superfície
de sua voz que azul
me detém
        os cabelos
o vento que nos assalta
o quarto e os quartetos
sem rima para obstáculos
e a aparência sem dó
nem piedade para atinar
ao perigo
o tísico dessas palavras
é morrer
é a mesma superfície
sob a qual escreve
grava em silêncio
a negra tinta
        dos dias
como se numa noite
me cortasse
        o século
e em silêncio a morte
pressentisse.
        Ah canção do exílio
      por que
            se já existe?

xviii

Aqui, da sala dos professores
contemplo o pátio da escola
e se não há pátio
é porque por esses olhos contemplo
uma outra semente, um sentido
a responsabilidade não sei de quem
se é minha ou não
não sei dizer
mas é à míngua desse tempo
dessa rota de colisão e cura
desse estado máximo de santa
e não tem cura
claro que meus olhos enxergam
pouco
a filosofia resiste
claro que teu sexo enxerga
muito
estreou nos meus
mas porque dizer de tudo isso
contar tantas e secretas histórias
pois não é devido
mas sim
pelo que devemos
dizer e contar
a fim de purgar
toda água e todo ódio
das cumplicidades extras
este sol pela manhã.

para Armando Freitas Filho

O gozo era da festa
mas acordamos cedo
tivemos o dia inteiro
para amar
tocar a vida adiante
radiante
com tantos deslizes
é a hora de perguntar
alguém pode por favor
abrir a porta?
Kafka morreu
não há ninguém aqui
mas a brincadeira continua
eles não abrem
não fizeram a porta
por ti
mas também não era certa a saída
e enquanto eles trancavam
e abriam
era pelo e que eu fugia
e era por esse e
que escaparia
do poema
e

XX

A casa possui maravilhas que nos aguardam.
Ritmos e lendas que certamente nos aguardam
rosas e patifes que não escolhemos.
Tudo doce como vinho, bebido há horas,
espera a chegada de velhos amigos.
Caminhamos horas a fio, a família é sua memória,
o fogo que nos habita, habitava aquela casa.
Escadarias sob o alpendre, certo cheiro de água
respingando. O silêncio tem suas armadilhas
contorções, entrelinhas, entre o asfalto
e o paralelepípedo. Ouvia a todos, ouvia a seco
e me calava. A casa respinga sua memória
escorre em nós uma gravata, que afrouxa.
E enquanto todos se adiantavam pulando
na toni, a casa tinha seus fantasmas,
seus ruídos – não há casa que não tenha;
rogava eu pelo destino. A casa rugia
enquanto vivíamos e o céu que rodeava era outro.
Os fios desencapados nos ameaçam. O fantasma
era o tempo, brinda conosco, comemora
o aniversário. A casa permanecia, sem saber
de nós. Somos seus fantasmas. E não há
estória que dê conta do mistério que queremos.

xxi

Agora um dia imenso de sol.
Que não se compara aos cueiros
de sofrimento e grilo.
Nada que meu corpo apazigüe
deverá movimentar o lodo
de uma vida inteira;
a miséria de um silêncio in loco
nas paredes e nos retratos
meus avós depois de tantos anos
sorriem da penteadeira
para mim. Não da maneira
como eu os imaginava
mas chulos, de uma tal crueza
que me arranca os pés;
nulos, de uma tal vergonha
que eu apareça no dia
seguinte e ninguém se ofenda.
Nada deverá constar nos ramais
de sangue, nos ideais que
só cabem num homem;
que não venha abonar seus
crimes – o de miserável
principalmente –, o de ruminar
a mesma indigesta inquietude.
De olhar um quadro e sorrir.

para Cláudia Roquette-Pinto

Que dizer do rosto
que se eleva das águas
sempre que perturbo

a dúbia forma do prazer
que surpreende o fato
de jazer o costume

um costume novo
no poema o fato
de a vanguarda estar aqui

o desejo – que é dejeto
de penar segundo o risco
de correr abrandando

sombras, de sorver
o licor da manhã
toda vez que acordo

pronto para o nada
em volta do mal
que é o melhor

de você, como rasgar
as plumas da tarde
o trôpego destino

de caminhar de pés
descalços pois soltos
hão de deixar

um deserto no coração
dos lobos, rapto de
sombras, silhuetas

sobre a persiana
aquebrantada pelo
sol, apenas isso

força-me a morder
grunhir palavras
a lua incendeia

todas as nuvens
em algum lugar
dá-se o porvir.

xxiii

A chuva? Um ornamento para o poema
problema que recai no ser
ou nada, pois pisar duas vezes
não altera o rio, abrir os olhos
é o lugar do homem. Existe
uma certa prepotência
um aprumo de quem anda
e é certamente cedo para dizer
o sentido e o cenário
ou esse orvalho.

para Robert Johnson

Um negro quando vende a alma
nunca se entrega, seus olhos
respondem fogo, sua pele,
um veludo azul de embebedar.

Um negro quando vende a alma
morre envenenado pelo deus
com quem se misturou, olhai
os porcos que eu direi os dentes.

Um negro quando vende a alma
pequena luna lhe acompanha
pelas estradas do Mississipi
com seu caminhão de segredos.

Um negro quando vende a alma
compra quem lhe vendeu, todos
atravessam o portão que diz:
bem vindo, prazer lhe acompanhar.

Um negro quando vende a alma
chora na taquicardia, sorri
como um colar, pois a lua,
sua amiga, finalmente nos trouxe.

XXV

Quero da palavra sua ruga
a mancha da camisa sem sossego
os tempos louros
que só cheiravam a jasmim
sempre é o mesmo desespero
o mesmo pé de valsa
sobre o capim
quero a palavra carne
verbo que ilumina
labirinto sem deus
quero a palavra morte
o terreno da sorte
zero à esquerda
até nos momentos de gol
inescapável
como a fome
baixo e vil até no nome
é certo que o Rio não é mais
a regra
é o que reza pedir
quero a palavra cobra
com suas
dobras e rugas.

xxvi

A miséria começa em casa,
com seus filhos, a lamúria cega mas certa
de seu pai, o tiroteio marca os valentes
o vento caudaloso nos adoça, é podre, talvez
áspero, saber que alguém veio aqui;
bato palmas, você não sabe o que escreve,
pensa que a imaginação decifra a dor
mas ela não decifra; você, que nem devia
ter pensado, agora é assim:
poetas sobem o morro, fazem suas pesquisas
acham que a vida rude lhes inspira
como nos cardápios escritos com giz,
ou pombos que mastigam num despacho
um pedaço de galinha (tudo é canibal
faz parte da cultura, é matinal
sangrar na latrina, enquanto
do alto dos edifícios, ao som
do baile quente, ainda se decide
ao pé de uma fogueira
o preço de uma vida).

xxvii

Senhoras aflitas e poucos rubis! Essa a palhaçada
de hoje – este o risco de vida até o perigo
de haver uma combustão de deus
onde alma nem santo nem nada sobreviveriam
sim, tenho acesso ao perigo topei com o segredo
então que as velhas divisas brilhem no peito
a não ser que se acredite numa fé desavisada
mas João estava certo cuidado que virei
trotando mil vulcões sob o êxtase da lua
frenéticos ao me ver pior que um chou de roque
matando muitos só não duvide este é meu lema
aceito navalhas sangrentas viúvas rogando
agora se duvidar jamais perdôo xingo o faraó
no céu sem Raponséu, inferno cheio, e eu nem sonhava.

xxviii

Dores no vitral da igreja de São Marcos
sei que teu primo morreu, o réu da acusação um outro
que fora primo, chamávamos de primo e ele nos
[abençoava com sua gargalhada]
como acusar um primo para inocentar o outro
como a fossa negra da vida amanhece sempre limpa
romântica por assim dizer, digo deus dessa água não
[beberei]
desse rosto que tu vês jovem e largo
jantamos juntos e só não conseguimos desconto porque
[dizia respeito aos casais]
mas eu bem que me aceito segundo os termos da lei
as normas dos vinte
e o vigésimo é você.

xxix

É possível escutá-lo?
                    É preferível
dizer? O silêncio ronca de manhã
e o que se escuta é taxativo, fiel.
O único mal é tomá-lo nos braços
e se atrapalhar com as lembranças:
vento gelado,
abraça que um dia retorna,
não aprecio as pedras no caminho,
nenhum livro meu se chamará
"Lição de coisas"
o tropel da vingança é o que sinto
da madrugada que se despede do peito,
sei que no final não vale a pena,
mais um poema desarrumado,
ter o sentimento ferido,
sedento pelo progresso
a carne taxada por dentro é meu desespero,
não vão entender,
ouvir bem longe um galo que canta,
abençôo o medo, nossa esperança.

para Antonio Cicero

Insistir, ruminar
os passos, o luar desses convivas.
Silêncio de ninguém, nada garante
o sucesso, óbvias são as dores;
mesmo assim continuo com minha caneta,
calculando erro após erro
nenhuma certeza. Pobre amor atroz,
das palavras lançadas ao vento,
esta é a menos pior.
Aliás, qual?

xxxi

Nudez de plástico, do fantoche vestido
para o desfile
do vento propagado dos rádios
entre buzinas, pelas manhãs
a mesma neve que nunca vi
o mesmo cartaz
todas as razões estão contra você
a catarse da guerra
a intempérie da paz
todos os demônios e santos
a favor de você
cada flor com seu absurdo
ser dúbio
não lhe entender
máscaras desfilam no rosto
a morte é recatada e fiel
explodir, eclodir palavras
(já passei dos trinta)
veneno
virada indevida
às vezes não saio do parto
eu não permaneço, mãe.

xxxii

Sou um autor apagado. Desisti de escrever.
As anotações em bloco já não me servem mais.
A feiúra dos olhos alastrou pela boca
e agora sobrecarrega as mãos. O ventre
de tua mãe balofa não ia dar boa
coisa mesmo. Sou detonado pelo ciúme
e pela inveja, em verdade, sou bem
mesquinho. Os canhões não me anunciam.
Aleluia às iditoras que agora
podem respirar em paz!

xxxiii

E enquanto o rapaz olhava em rubras cores a
[Guanabara],
era como se as águas afugentassem os rios
os peixes naufragassem; onde é inútil e concreto
teu poema, solilóquio de páginas menores
e idéias transitivas entre o sonho e o desperto.
Não te iludes em falso testemunho
uma arquitetura quase invisível perece
violeta banhada de fogo
e a alma finalmente entende,
em solitude, que a melhor
ternura é morrer.

1998

Sobre o autor

André Luiz Pinto nasceu em 1975, Vila Isabel, Rio. Formado em Enfermagem pela Uni-Rio, chegou a exercer essa profissão por três anos. Graduou-se mais tarde em Filosofia, bacharelado e licenciatura pela Universidade do Estado do Rio de Janeiro, cursando atualmente o mestrado em Filosofia pela mesma universidade. Publica poemas e ensaios há dez anos em revistas e jornais literários. Com Eduardo Guerreiro, edita a revista *.doc*, integrada, desde 2003, ao programa de pós-graduação de Ciência da literatura da UFRJ. Leciona na Universi dade Estácio de Sá.

Livros publicados

Flor à margem, prefácio de Carlito Azevedo; Rio de Janeiro: Edição particular, 1999.
Um brinco de cetim/ Un pediente de satén, traduzido por Lorenzo Pellegrín; Caxias do Sul: Maneco 2003 (Poetas de Orpheu).
Primeiro de abril, posfácio de Eduardo Guerreiro; São Paulo: Hedra, 2004
ISTO, posfácio de Marcelo Diniz; Belo Horizonte: Espectro Editorial, 2005.

Agradecimentos:

Alberto Pucheu, Antonio Cicero, Armando Freitas Filho, Daniel Siqueira, Donizete Galvão, Eduardo Guerreiro, Elena Garcia, Eucanaã Ferraz, Isabelle Villafan, Karla Chediak, Léo O., Lígia Dabul, Mário Alex Rosa, Paula Padilha, Ricardo Vieira Lima, Ronald Polito, Rafael Blanco, Rafael Perret,

Renato e Margô, Roberto Kahlmeyer, Serginho Carline, Túlio Villaça e Vera Lins.

Notas:

Os poemas nº xi e xxi foram publicados no nº 4 da Revista Cacto, primavera de 2004, os de nº xviii, xix e xxiii foram publicados no segundo número da Revista Jandira, Outono de 2005 e o poema nº xxii foi publicado pelo Suplemento Literário de Minas Gerais, nº 1291, junho de 2006.

Índice*

* Primeiros versos dos poemas em itálico

Este livro, sétimo da coleção Canto do Bem-Te-Vi, foi impresso em abril de 2007 para a Bem-Te-Vi Produções Literárias Ltda. em papel pólen soft de 80 gramas, com tiragem de 1000 exemplares pela Imprinta Express Ltda. Rio de Janeiro, RJ